i

imaginist

想象另一种可能

理
想
国
imaginist

木心全集

西班牙三棵树

木心

上海三联书店

图书在版编目（CIP）数据

西班牙三棵树 / 木心著 . —上海：上海三联书店，
2020.5（2023.7 重印）
（木心全集）

ISBN 978-7-5426-6983-4

Ⅰ.①西… Ⅱ.①木… Ⅲ.①诗集—中国—当代
Ⅳ.① I227

中国版本图书馆 CIP 数据核字 (2020) 第 032875 号

西班牙三棵树

木心 著

责任编辑 / 宋寅悦
特约编辑 / 曹凌志
装帧设计 / 陆智昌
制　　作 / 陈基胜　马志方
监　　制 / 姚　军
责任校对 / 张大伟

出版发行 / 上海三联书店
　　　　　（200030）上海市漕溪北路331号A座6楼
邮购电话 / 021-22895540
印　　刷 / 山东韵杰文化科技有限公司

版　　次 / 2020 年 5 月第 1 版
印　　次 / 2023 年 7 月第 6 次印刷
开　　本 / 787mm×1092mm　1/32
字　　数 / 26千字
图　　片 / 2幅
印　　张 / 5.5
书　　号 / ISBN 978-7-5426-6983-4/I·1609
定　　价 / 56.00元

如发现印装质量问题，影响阅读，请与印刷厂联系：0533-8510898

1982

群狐正立啃孔雀
西川虎死不言许
尝候饮赞蛤蜊
竹井坚流老海外
涯苦住梢棠苇
古然匆後读南

三辑初稿部分

西班牙三棵树

目 录

1　　引

一　辑

5　　中世纪的第四天

6　　呫嗫

8　　寄回哥本哈根

10　　祭叶芝

11　　赴亚当斯阁前夕

14　　北美淹留

16　　《凡·高在阿尔》观后

19　　西岸人

20　　夕殿

21　　毋与哥德言

22　　夏夜的婚礼

26　　春寒

28　　十四年前一些夜

30　　丙寅轶事

31　　FRACTURE

33　　十八夜　晴

35　　泥天使

36　　面对面的隐士

38　　J　J

40　　斗牛士的袜子

43　　雪后

44　　论拥抱

46　　旋律遗弃

47　　如歌的木屑

49 涉及爱情的十个单行

50 甜刺猬

52 我的主祷文

53 末期童话

55 晚祷文

57 托尔斯泰的奢侈品

62 啊 米沙

72 再访帕斯卡尔

83 剑桥怀博尔赫斯

二 辑

89 艾华利好兄弟

94 啊，回纹针

100 第二个滑铁卢

107 南极·青草

110 埃及·拉玛丹

119 无忧虑的叙事诗

三 辑

139　　其一

140　　其二

141　　其三

142　　其四

143　　其五

144　　其六

145　　其七

146　　其八

148　　其九

149　　其十

151　　其十一

152　　其十二

153　　其十三

154　　其十四

155　　其十五

157　　其十六

158　　其十七

160　　其十八

161　　其十九

引

a "三棵树"是西班牙产的一种酒 Tres Cepas，初就觉得清纯，继之赞赏，不久又嫌那点点甘味是多余而不良的。

b 曼哈顿上城区，麦德逊大街，白鲸酒吧，进门两侧橱窗，尽量海洋风调，别人还以为讨好梅尔维尔，其实是借借 Moby Dick 的光，做生意。

c 在白鲸酒吧啜"三棵树"，写长短句，消磨掉像零碎钱一样的零碎韶华，韶华，在辞典里是青春岁月的称谓，我忘掉辞典就是了。

d　待要成集，乱在体裁上，只好分辑，分三辑。

e　哀利丝·霍珈走过来悄悄说，说如果有人欺侮你，你就种一棵树——这也太美丽得犬儒主义的春天似的；我是，是这样想，当谁欺侮了谁时，神灵便暗中播一棵树，森林是这样形成的，谁树即谁人，却又都不知道。

f　诗集无以指唤，才袭用一用酒的牌名，西班牙与我何涉，三棵树与我何涉，诚如 Faust 作者所云：假如我爱你，与你何涉。

一九八六年夏

第
一
辑

中世纪的第四天

三天前全城病亡官民无一幸存
霾风淹歇沉寂第四天响起钟声
没有人撞钟瘟疫统摄着这座城
城门紧闭河道淤塞鸟兽绝迹
官吏庶民三天前横斜成尸骷
钟声响起缓缓不停那是第四天

不停缓缓钟声响了很多百十年
城门敞开河道湍流燕子阵阵飞旋
街衢熙攘男女往来会笑会抱歉
像很多贸易婚姻百十年前等等
没有人记得谁的自己听到过钟声
钟声也不知止息后来哪天而消失

咕　嗫

出了伊甸

灵魂便穿上

可以御寒

可以却暑

的肉体

也有忘了穿上肉体

的灵魂

也有

不肯穿肉体的灵魂

一阵雨

一道阳光

蒸发完了

魔鬼呢

魔鬼

穿了一重

又一重肉体

天使

天使的肉体薄

薄到透明

我未曾穿过

一重以上

的肉体

难得半透明

极难

我

寄回哥本哈根

已经很多年
流行穿蘑菇色风衣

流行很多年
不好说流行

　　（说什么）

人穿了蘑菇色风衣走在路上
比蘑菇多两只脚

蘑菇圆
人不圆
蘑菇静

人不静

　　（走来走去）

蘑菇有鲜味

人没有鲜味

人吃蘑菇蘑菇不吃人

我也不吃没有鲜味的人

昨天我在丹麦

祭叶芝

蔚蓝终于拜占庭航向绸缪你卸尽诗章，
余亦识众星如仪罗盘在握嗟夫圣城覆灭，
迟来者半世飘流所遇紫霭沉沉中途岛呵。
预言吗我能，你预言荣耀降临必在二度，
除非眉额积血的独生子换了新父，我预言。
恺撒海伦米开朗基罗都曾长脚蚊过来的么，
平素拒事体系的我盈盈自限于悲喜交集，
竟然伸攀信仰，翡翠怀疑指环蔓卷的手。
吁，形殚貌衰心绽智扬，夜阑记忆大明，
圣苏菲亚殿堂未启柏拉图院门未掩，那时，
啼唱啼唱那株金打银造的树上璀璀璨璨，
那只人工的鸟闪烁其辞便是一样的我。

赴亚当斯阁前夕

一些异味的

细点子忧悒

撒落门口

雀儿啁啾，飞走

天色渐暗

忧悒在

年年名缰利锁

偶值深宵

与少壮良友谈

那类谈不完的事

每次像要谈完它

因而倦极

因而无力成寐

良友似一本

平放的书

架上诸书也睡着了

常常是此种

不期然而然的橄榄山

现在变得

凡稍有幸乐将临的时日

便见一些细点子的忧悒

撒落门口牕口

现在变得

当别人相对调笑似戏

我枯坐一侧

不生妒忌

现在变得

街头，有谁拥抱我

意谓祝福我去

远方的名城

接受朱门的钥匙

我茫然不知回抱

风寒，街阔

人群熙攘

总之，庞贝册为我的封地时

庞贝已是废墟

北美淹留

赴约的路上

蔷薇忧郁

牧羊犬忧郁

APT 忧郁

鱼骨天线忧郁

斜过 747 忧郁

士多啤力忌红忧郁

意大利肉串焦忧郁

心形气球银亮忧郁

没有什么

是没有什么

AVE

ST

阴霾仲夏

从早晨起就不高兴

很不高兴了

《凡·高在阿尔》观后

大都会博物馆看罢

《凡·高在阿尔》

下午四时

森丘帕克树树皆凡·高

后面的天凡·高天

小便急了

钻进树丛

SOS过后

又是一个心旷

神怡的男子

但见枯草地上

狼狗逐松鼠

松鼠没命地爬上树

上帝之德　历历可指

（狼狗转身追鸽子

鸽子扑翅飞起

上帝之德

真是历历可指）

狗在草地

松鼠在树上

鸽子在空中

凡·高在博物馆里

我在路上走

下午六时了

曼哈顿第五大道

圣诞节前三天的路啊

上帝之德真是左右历历可指

上帝

从早晨到此刻

我吃过一只蛋一杯奶

你的鸡的蛋

你的牛的奶

多么快乐呀

就要下午七点钟了

上帝之德无处不是历历可指

从银行里取出一些钱

够买香肠和威士忌

下午八点钟了

我在路上走

狼狗到哪里去了呢

松鼠到哪里去了呢

鸽子到哪里去了呢

凡·高在博物馆里

我在路上走

西岸人

诺尔曼古堡

巴里里塔

临海多悲风

不是迟暮的我

住在那里

是迟暮的叶芝

夕　殿

回廊止步自问

而今所剩何愿

曰无　都不必了

蓦地兴起一愿

仿佛若爱尔兰之叶芝

挥华服俱去

裸身御风而行

毋 与 哥 德 言

毋与哥德言

叶芝　唯君明审

年命之迟暮

愤怒和情欲

竟殷勤颠舞

前些秋夕

前一个月的寒夜

如此晤及三度

刚启始爱

兀自怊绝了

夏夜的婚礼

夏季里的事多半容易沾随记忆
许是久处温带自来私悦于夏的缘故
其它三个名音琦美的季节届时偏爱
尝试比取时莞尔相认容易记忆的是夏
独居者日长怡静回环滋生的近身琐事
无端而垂绪的琐事因之历历如璎珞蔽体
浪迹渐泯的迁客深明福祉定义已在乎此

重大的故实件件皆疠毒否则何以称重大
世界是个瓷器店历史是上场接下场的斗牛
但凭狡黠脱身走在不见碎瓷血牛的绿荫下
一任琐事缭绕如璎珞蔽体清凉自许福祉

夏季在去年的苦楚仍然是知识的临界匮乏

例问 Luciola Vitticollis 是怎样的呵

鞘翅类的小昆虫之多种族为什么为了什么

中国江南仲夏便见萤光点点于古台芳榭

何以北美洲纬度等如的地域夏阑始见萤飞

Luciola Vitticollis 整个灰褐无光泽

前胸桃红尾端暗黄它的头隐在前胸之下

习惯产卵于浅湄草根卵子也有澹弱磷烁

幼虫小小像蛆漫长冬寒冥伏土层各自作蛹

春来化成鞘翅的正式萤那么北美洲育萤迟迟吗

萤子裛移夜色中含黄的绿辉宛如会呼吸的宝石

悠悠亮起悠悠暗没却是瞬间瞬间的无为剧情

残剩的知识浮示萤的发光部由繁多细胞簇成

萤自土壤汲磷抑吮自植物符号也是 P 吗

知识又断了链锁徒然听信闪光是引侣婚媾

拇指食指的轻撮中并不挣扎亦非侍机的佯死

最温文的虫吧萤仍按其节律冷炫稍稍转为急促

置于掌心也未展翅兀自沿腕爬上臂来一如觅食

23

萤与人毫无感应徐徐显出孤伶在于撮萤的人
夜色使草坪宽广林荫的浓绿耸作森严黑屏
群萤愈见轻盈高低明灭款飞毾毵细雨飘落
若有归者行过毋庸道晚安添说请看美丽的萤
儿歌童话谜语谣曲中的萤是赤子自己素人自己
这样的朝代恩雠兴衰次第过尽也算倥偬了却尘缘
眼前又是深宵无人高楼窗户犹明映笼纤草修木曲径
空气因微雨滋润熟悉得陌生了的痴痴童年的夏夜呀

夜十时后去看萤飞以致接续夜夜彳亍在草坪边缘
新的知识是萤在雨后或极微的雨中漫游最为恣意
如有本《昆虫学》在书架上就亟于取下翻看有关之章
傍晚潇潇雨歇俄顷一天绮霞无言苍茫入暮不觉凝黑
餐毕吸烟仿佛若有人语这样正是萤子尤欢的良夜啊
那是去年夏末的琐事赴约似的孑身悄然掩扉下楼
阶尽便有青涩的气味随风而扑鼻霎时沁透胸臆
草坪夜幕沉沉不见半点萤光像是从来未曾有过
下午雨前或雨后刈草机密密巡回工作那是真的
其时群萤栖息草根不知逃遁它们顷刻全成了韲屑

草坪上若有一盏灯一本专述萤的书也不欲开阅

琐事缭绕如璎珞蔽体的清凉福祉何可多得

世界是瓷器店历史是斗牛草坪上历史来过了

春 寒

商略频频

昨我

已共今我商略

一下午一黄昏

且休憩

且饮恒同室温的红葡萄酒

独自并坐在壁炉前

凝眸火的歌剧

明日之我

将不速而至共参商略

那件事

那个人

那是前天定夺了的

爱或不爱

十四年前一些夜

自己的毒汁毒不死自己

好难的终于呀

你的毒汁能毒死我

反之，亦然

说了等于不说的话才是情话

白天走在纯青的钢索上

夜晚宴饮在

软得不能再软的床上

满满一床希腊神话

门外站着百匹木马

那珍珠项链的水灰的线

英国诗兄叫它永恒

证之，亦然

干了等于不干的杯才是圣杯

太古，就是一个人也没有

静得山崩地坼

今夜，太古又来

思之，亦然

静了等于不静的夜才是良夜

丙寅轶事

比来

乏善足述

且也很久了

顷见中文报载

贝多芬属十二生肖之虎

不禁莞然

之外　命运十分可怕

命运

命运十分精致

FRACTURE

拿破仑指甲积着别人的秘密

赛马商与圣方济亦暧昧不清

是故土耳其蓝旌上贴了湾新月

耶稣的父亲实实在在部属 Rome 军

丑陋者是意外捡到个瓜葛生命

艳丽者活着才是醒睡咸宜的本分

童话中林间古堡用糖果饼干造

刚写完七磅悲剧总要去洗澡

就缅怀第一辆火车短得不敢笑

完美是可怕的上帝深知咱们胆子小

譬如春天啰卡洛思神甫瓶装黑春天

赤道两边有恋史也哪会是长篇

逍遥学派歇脚于 Pizza 连锁店

昨昔是玫瑰牌真理海盗不数钱

原想花在情场上战场上的百般辎重

变得那样薄那样轻那样浅浅

风来摇曳整出秋光是白痴的芦棉

旷野电杆木嗡嗡低鸣还有什么

探险家的太太又把 Map 扯成了碎片

十八夜　晴

十二月

十八夜　晴

归途步行

望及整片天空

无数脉脉的星　恍若

迢遥童年所识乃一度

今夕始见二度

想起爱情

亦岁阑灯影并步

于明衢于暗巷于市河长桥

相偎仰对繁星

惊悦　咕嗫

唯赤诚之恋

燃烧而飞行

能与杳无神灵的宇宙作睥睨的是

吻

而消殒

而凡消殒

皆独自隳灭

泥天使

四月杪

四月五月间

紫丁香紫丁香无疑

胴体作甜饼堕杯状

眉之三角洲栖唇尤宜

太阳穴的酒精力度

少些曩昔云

多些些来日雨

浙江的勤

巴黎的懒

面对面的隐士

当你还是

晴朗地

款款清语

不知已伤裂了谁

谁被伤裂

如若你憬悉

必将阴晦而悄遁

你憬悉了，如若

晴朗依然

清语款款依然

那夜

那，晨

我仍是我
你岂复是你

不说
永永不说
你无由憬悉

每次，雯光清飐
恒使你勿明
谁已伤裂

J J

十五年前
阴凉的晨

恍恍惚惚
清晰的诀别

每夜，梦中的你
梦中是你

与枕俱醒
觉得不是你

另一些人

扮演你入我梦中

哪有你，你这样好
哪有你这样你

斗牛士的袜子

互道天气的巴黎人哪

能冷　能淡

悠然不见南山

颇欲此去一访陶潜

先生以采菊入诗过足非所钦邪

最后的高台

最后的朝日照北林

没有几个人能永久惭愧下去

他逸脱万头攒动的欢迎会

悄然寻觅童年奔波的街

就怕找不到了的伦敦老街

想　何必有一个名叫卓别林的人

你说

也来部《世说新语》如何

雪夜命舟之流

吁　非一时之趣一个人的心力

区区吕览尚且兴师动众

中华不见风度才调久矣

何况斯宾诺莎犹太的族荷兰的档案

临了卜居在海牙

维也纳教堂中

童声还在合唱

"看吾美足"

当然是神的裸足

我还是穿袜子的好

写诗就是脱袜子

示人以裸足

我还是穿袜子穿鞋子的好

到那时

我膑落双足（吾祖曾遭遇如此）

你翻越比利牛斯山而达马德里

我找出一些虬结的阿物儿

说

看我从前的袜子

雪　后

晚七时半

林肯中心右楼

八时正进场

谁的交响乐

不知道

票子是陌生朋友送的

交响乐是很多乐器很多人的事

指挥孤独无助

那是他自己要这样的

论 拥 抱

人体
相互
接触时

血液中
含氧的血红素
快速
增加

血红素
使肉身诸因子
均衡
持平

病者

早康复

健者

更毋庸议

亲爱的

拥抱你

我紧紧拥

抱你

决不是

上述的

原因

旋 律 遗 弃

下楼启门

乌云边射来晴光

照着一个我

湿而尤黑的树干

水潭映天的路

情心如箭的赴约

狂欢销歇后的氽归

都曾与乌云晴光相连

掩门匆匆走了

整部记忆呆在台阶上

如歌的木屑

我是

锯子

上行

你是锯子

下行

合把那树锯断

两边都可

见年轮

一堆清香的屑

锯断了才知

爱情是棵树

树已很大了

涉及爱情的十个单行

说纯洁不是说素未曾爱而是说已懂了爱
无限是还勿知其限的意思没有别的意思
誓言是那种懒洋洋侧身接过来的小礼物
现代人是眹眹眼睑就算一首十四行诗了
何必艳羡硬边之吻几缕不肯绕梁的余韵
情场上到处可见侥幸者鞋子穿在袜子里
别人的滂沱快乐滴在我肩上是不快乐的
到头来彼此负心又濒死难忘的褴褛神话
没有你时感到寂寞有了你代你感到寂寞
清晓疯人院里修剪得整整齐齐的冬青树

49

甜刺猬

你是船我是车
你是车时我是船
船要和车挤在一起
不是船裂便是车折
及至船载车车曳船
不外乎去修理去卖掉

初识你呀是个夜
楼梯转角的一瞥
唇涡或眉梢
极微的某点特征
我针刺似的感到
可能酿生什么

疯人院的铁门口

用脚扫落叶

去年秋天谁知世上有你

喘不过气来的瞬间

心中喝一声懦夫

喘过来便轩昂而笑

好了

不再劳瘁于思念

虽然啊虽然

我是临街橱窗中的刺猬

巧克力刺猬

视之可怕食之还不坏

我的主祷文

皆因兄弟不爱我

乃美食华服精玩辞令

恍如碧水环绕的紫禁城

果若兄弟爱我

我粝粢敝褐期期艾艾

悄然狂喜于兄弟的背后面前

末 期 童 话

我独自倚着果核睡觉
今日李核
昨日梅核
明日桃核

我倚着果核睡觉
香瓤衬垫得惬意
果皮乃釉彩的墙
墙外有蜜蜂，宇宙

此者李
明日余睡于桃犹昨日之梅
不飨其脯不吮其汁

我的事业玉成在梦中

其实，夫人
余诚不明世故
何谓第四帝国的兴亡
夫人？

我的预见、计划
止于桃核
世人理想多远大
我看来较桃核小之又小

昨梅核今李核明桃核
我每日倚着果核睡觉
忙忙碌碌众天使
将我的事业玉成在梦中

晚祷文

普鲁士并不靠

普鲁士蓝著名

靠七周战争于 Sedan

执拿破仑 III 直捣巴黎

蒙的卡罗岂以

蒙的卡罗红迷人

以赌的全欧性全球性

天文数字性迷人

一种景色

联想不起另一种景色

才是值得眷眄的景色

余可缓缓类推

尝闻予友女诗人婉言
所谓时常流连
虽也时常厌倦云云
伊佯指迁回林荫小路

今日午梦乍醒
夜色弥窗漫园
疑此身犹寄西班牙
顿觉博学可耻

托尔斯泰的奢侈品

托尔斯泰的

故居，

雅斯那亚

玻里亚那镇，

离莫斯科

三个小时半车程。

那所房子

一切陈设，

摆得

如同从前

主人在世之日。

因为

这是纪念馆。

两层石屋。

客厅有一长桌

上覆白布

中国瓷器

俄国铜茶炊

呆着不动。

客厅的沙发

都是藤做的

另有一张圆桌和椅子

供会客用。

托尔斯泰生前

极爱音乐

最喜欢

肖邦

说　是

音乐的普希金

钢琴

倒有两台

他听，客人中的钢琴家

弹肖邦

听完……泪汪汪

骂肖邦是

畜生

书房的桌上

《卡拉玛佐夫兄弟们》

出走前夕

犹在看此书。

当时看到的地方

摊开着

卧室

最能显示他

生活简朴，

盥洗用具

一细颈瓶

一盆

一搪瓷桶。

床架铜制

宽松的上衣

均自纺自制，

还有一顶夏季长檐帽

他还会自做靴子

真聪明

唯一算得上

奢侈品的

是厕纸。

那时候

俄国平民

还不太知道

厕纸这种东西

（也不明白他们她们

怎样料理这件事；

也生活过来了

过去了）

托尔斯泰

当年被

俄国东正教

开除教籍。

因此

他的葬礼

采平民式。

墓地

就在故居之旁。

如今

当地男女结婚，

都习惯到

墓地献花

致敬

如果你不结婚

也可去那里

献花　致敬。

啊 米沙

1

去年秋天的信上
翻覆埋怨你的沉默
你回信说
读得十分痛苦

啊米沙
凭上帝的爱
别生我的气想想我
一颗被人抛弃的石子

我在此地

孤立生活

避免惹人注目

一如往昔

尤有甚者

五年来

我和一个警察

共度光阴

偶尔上天赐我

完全独处

我内在的东西

已被扼杀了很多

也生出新东西

我曾经提到过的病

类似癫痫

又不是癫痫

2

我看透了莠民
盗贼的作为
小人物的命运
我没有白费时间

对于俄国庶民的了解
敢诩数一数二
有点自鸣得意
希望你能见谅

大家设法宽慰我
说都是老实人
我惧怕老实人
甚于惧怕有心机者

3

冻彻骨髓
坐十个钟头的无篷雪橇
站上暖和的房间
也无济于事

一八四九圣诞夜
十二时
镣铐第一次加诸我身
它们重约十磅

步履维艰
心如铅沉
脉搏跳得特别怪
反而不觉得痛苦

野外清爽的空气
有恢复精神的效益

在一切新经验之前

总会有奇异的活力和渴望

4

无篷的雪橇上

一路张目远眺

喜气洋洋的彼得堡

屋舍灯火通明

驶近你的家宅

你告诉过我

孩子们要跟爱弥丽

一起去参加圣诞宴会

啊那幢房屋

我心摧割

时隔多年还记得

向它们这样暗暗道别

抵雅洛斯拉渥

天泛鱼肚色

史罗塞堡小客栈

我们牛饮了一番

八月监禁六十里雪橇

饕餮亢奋的胃口

至今思之

犹有余乐

5

跨越乌拉山脉

才叫凄惨呢

马匹和雪橇深陷雪地

时已夜晚

从雪橇上爬下

站着一直等

等它们救出来

四野狂风暴雪

立在欧洲亚洲交界线上

眼前西伯利亚不可知的未来

背后我们过去的一切

这时才泪如雨下

一八五〇年一月十一日

来到托包斯克

当局检查搜身

把钱悉数取走

那少校柯里富佐夫

难以想象的小暴君

某某因睡觉向右不向左躺

从头到脚一顿鞭刑

6

天气冷得水银也凝定

小窗子两面结冰

到处有透风的罅缝

整个冬季零下四十度

鄂木斯克穷乡僻壤

一棵树也没有

需要书和钱

尤其是黑格尔的哲学史

几乎全部是军人

肮脏放荡极了

要不发现一二良性者

我真会愤懑而堕落

早该拆除的木房子

壁板全已腐烂

地上污秽一英寸厚

窗棂上冰厚三英寸

前面一个大木槽

供便溺用

几乎无法呼吸

囚犯自身也臭得像猪

没有席垫

短袄作盖被

两腿总露在外面

夜复一夜受冻

7

再爱

开始新的生活

一想到这个

我就恶心

这才明白

己死者

非可代替

新的爱无由也不应该

模糊的怔忡

绝望的状态

未曾有过的心情

十足寂寞

注：此七章，皆以陀思妥耶夫斯基在西伯利亚所写的信为蓝本，仅加整饬。尼采认陀思妥耶夫斯基为"唯一有以教我的心理学家"，他庆幸这意外的收获，甚至比发见司汤达尤有过之——我则尊尼采与陀思妥耶夫斯基为一对伟大的"括号"，尼采是"("，陀思妥耶夫斯基是")"，凡我服膺的先辈，都在此括号中。

再访帕斯卡尔

少年

由于一支芦苇

认识了

法国的帕斯卡尔。

我望着湄岸

出神，

觉得芦苇很美；

耶稣问道：

"你们到

野地里来

看风吹芦苇吗？"

便答：

"是的，拉比

我是来看芦苇的。"

基督撇开我，

接续喻言下去，

才知道

先知比芦苇大

他比先知大多了。

弥赛亚走远

之后，

芦苇年年

临水而生长

而摇曳，

芦花开了

奶酪一样温茂，

令人忍不住

取来

做成枕芯。

帕斯卡尔是

数学家、哲学家

他选了芦苇

来形容

人的卑微和伟大，

不同于

我这种戆直

安贫又贪玩的想法。

他是雅士深致

悲天悯人。

（法国的山中盗寇

托人到巴黎

买了最好版本的

《帕斯卡尔随想录》

行劫之暇

读几页，

心中快乐）

壮年

由于一只蘑菇

认识了

美国的爱默生。

树林里

深秋的早晨，

他蹲下来

指指一只蘑菇：

"简直像团粉糊

像颗冻子，

它专靠那不停的

推挤，

柔和得

不能想象的推挤，

竟能够

穿过那

凝着霜的泥土，

而且真的

头上顶起

一块坚硬的地皮。"

我比少年时

开悟了些：

"您是用它来

比作

仁爱的力量吗？"

"是的，这条原理

能用到

最大的

利害上去。"

"谁曾用过？

从您的

一八四一

到我的

一九八三年，

没有在

极小的

极大的

利害上看见

这只蘑菇的

推挤。"

"是的，它那效力

被认为过时

被忘怀了……"

"我也知道

如果刀凿不开

人的头颅骨，

就把麦籽

漏进去

再灌水，

不久

硬壳豁裂

声音也没有的。"

我们站起来

他把手放在我

肩上，

爱默生他瘦

显得个子高些。

轻叩

帕斯卡尔书斋

门开了

示意我入内。

"不了，说几句

便告辞的。"

"请说。"

"四十年前

因一支芦苇

认识了先生。

我向您作证

那句话

历三百二十一年

没有被人忘记。"

"我引以为慰。"

"不，人是

会思想的蘑菇

人除了

谦逊和高尚，

还能作

柔和得不能想象的

推挤，

把头上的

积着霜的硬土顶破。"

"能吗？"

帕斯卡尔柔和得

不能想象地

微笑了。

"您就是。"

"我？不行。"

微笑收去一半。

"您在科学上的

见解，

已给

数学和电脑学

起了

绝妙的作用，

人们都说是

莫大的作用。"

"在道义上

又如何呢？"

"是的。"我摇摇头

"还不见

道义上的……"

"我引以为憾。"

微笑全收。

"告辞了

先生，

您的话流传了

三百二十一年，还会

流传下去。

我的话

会流传吗？"

"但愿

那也是

应该流传的。"

"您知道

凡是应该的

都会消失似的

凡能存在的

都是不应该似的。"

"我的一句

为什么

还存在呢？"

"例外

任何事物

都有其

例外。"

"您可等待

另一个例外。"

"不等了，先生

您能把我的话

重复一遍吗？"

"您说

人是会思想的蘑菇。"

归途，夜寒料峭

月光如水，

忘了该

对帕斯卡尔说

这句话

是爱默生

引起的，

一句话中

夹杂着三个人

不加申明，不安心，

返身朝那

芦苇丛中

亮着灯光的书斋

疾走，

复穿小树林

虽有月光，

踩坏了

好几只蘑菇。

剑桥怀博尔赫斯

一从没有反面的正面来
另一来自没有正面的反面
克雷基街上即兴考证
如梦邂逅（以前也曾走过）
克雷，克雷基，塞尔特苗裔
苏格兰瓜瓞绵绵，嗟夫
与阿根廷有涉与支那何涉
难改的这是很坏的习性
随时分神于莫须有的琐思
抑郁男子的又一不祥特征
灰红窄巷，俄罗斯逃亡之钟
楼群疲惫地亢奋着
情似童年赖学的窒息邸馆

西席长老殷勤推溯

卒叩先祖姬昌，于岐山麓下

羑里之土今犹在（以前也曾走过）

散宜生胤嗣未见出没于北美洲

是故朗费罗与我何涉，你提起他？

譬如在巴黎，垂暮冬日迷雪

渊博而浅薄的法朗士与我何涉

你已断决我们济济臣属于爱或炎情

若非臣属怎称叛逆，拉丁美洲算不得布景

这里的河是那边先有了河

对岸的旧屋业已认输，明月独自升起

风寒，残芦寥寥，我被激怒了似的

你也是？常会被激怒似的踽踽退回

斜躺在亚当斯阁二楼客室的白床上

每个抽屉都是空的，我是孤儿

礼拜一去墓园细雨如粉撒落

碣石上的名与宴座上的名同嫌陌生

礼拜二喝方场洼角的阿尔及尔咖啡

混合如巫医煎药，此物差堪解恨

礼拜三买 BARI 烟斗聊慰久疏的收藏癖

婉晚躲进大餐厅的耳房,清酌伊始

有人探首问,这里是哲学桌子吗

这里有桌子,没有哲学,烟斗敲得响如槌

礼拜四 Fogg 博物馆小沙龙的中古绣椅上

坐谈移时,他们把伦勃朗的东西

挂在通向洗手间的过道转角宛如奴婢

礼拜五,十余男女陪我吃宵夜旨在攻毁城堡

诡辩风华在古代所幸时光倒流两小时

烛枝吊灯的尘埃飘浮凉却的汤盆里

哦,事已至此何必吝啬这堆破碎的镜子

记忆的自身就是记忆,就是

比作月光下草地上的影侣(以前也曾走过)

那年噩耗骤传引起我敬羡不禁模拟

紧闭双睑,却见你张目北向凝眸

二

辑

艾华利好兄弟

汤和菲尔，是兄弟
他俩有个会唱乡谣的父亲

兄八岁，弟七岁
上电台客串
父亲抽空教他俩谐音和唱
唱呀唱，唱了十年
突然被电视台唱片部门看中
一飞冲天

一九五七年灌录了《拜拜吾爱》
流行曲榜上的亚军歌
顺风旗扯到一九六二年

菲尔还记得，说

这首歌，许多歌手不肯唱

我们冷手捏住了个热煎堆

一九七三年

加州一次演唱会

中途起争吵

菲尔，忍不住

当众把吉他摔个碎

第二晚，演唱会照开

出来一个人，汤

他悠然宣布：

"十年前

艾华利兄弟已不存在。"

（这场演唱会真好苦

不听，对不起汤

听，对不起菲尔）

娱乐商，出重金

礼聘兄弟复合而复出

他俩，从此不见面

光阴不容易过也容易过

今天的汤几岁了

四十六

那弟弟必然四十五

想当年，黄金时代

十五首冠军歌曲都属于他和他

吵架、分手、噩运来了

吸上毒，差点儿送掉命

两部婚姻也都是惨剧加丑剧

今夜

阿尔拔音乐厅为何这样闹

人群潮涌，那是谁，那是谁

连大名鼎鼎的歌星保罗·麦卡特尼

保罗·西蒙，艾力奇·立顿

都像飞蛾扑火地进了场

台上出现了汤和菲尔俩

未开口，掌声狂

歌喉真依旧：

《拜拜吾爱》《奉献给你》

《小苏茜醒来吧》

昔日听来曾落泪

今夜闻此泪更多

演出的酬金一百万

演出的过程拍成纪录片

演出的前一晚，兄弟都承认

吃不下任何东西

担心上台忘掉了歌词

（当时为什么吵，今日为何又和好）

世上兄弟相争不是第一次

世上兄弟相认不是末一次

十年韶光十年事

有人说：时间是最妙的疗伤药

此话没说对

能疗伤的是时间里另外有东西

若把时间比糖浆

那疗伤药是浸在糖浆里

说不清，指不明

反正时间不是药

药在时间里

那些始终不和的冤家啊

他们的时间里没有药

或者是，真不幸

他们是至死也不肯服药的人

啊，回纹针

四十年前

尤查斯

廿一岁

美国中士。

沙丽

十九岁

英国战争部书记。

谁也不知道什么叫命运

他们同时服务在

沟切斯特小镇

一天

沙丽到

尤查斯的办公室

找回纹针，

就这样

彼此　一见　钟情

别忘了那是战争年代

尤查斯

即将去法国前线

他深怕

在那里被打断腿！

心中满是爱

一言不发

离开了沙丽

战争总会结束的

尤查斯

完整无缺

回到底特律老家，

结了婚

沙丽

也和别人结婚，

离开那小镇

奇妙的一九七六年

奇妙在沙丽　写了

一封忧郁的信：

收信人

尤查斯先生

一九八〇年

尤查斯的妻子去世，

一九八二年

沙丽的丈夫　离开凡尘。

一九八三年

终于突破海洋的封锁

在底特律镇小聚一月正

一九八四年

约翰·尤查斯

沙丽·琼斯

宣布结婚，

那天

正好是情人节

春风骀荡

繁花纷纷

说不幸

还不如说幸福

正想说幸福

又说成了不幸

上帝

这样的韵事，

还是少来的好

爱情与青春

是"一",是同义词

青春远而远

爱情

不过是个没有轮廓的剪影

尤查斯

沙丽

怜　惜

难说是爱情

为什么青春才是爱情

不懂吗

那你一辈子

也算不上情人

对于你这样的笨伯

我打个比喻吧

枯萎的花

哪里来的

芳香　艳色　蜜晶
怪谁
怪战争

悠悠相思四十年
啊　时间的回纹针

第二个滑铁卢

记不记得

比利时

有个地方

叫

滑铁卢，

一百六十年前

英国的

惠灵顿

率领

英　俄　普　西　瑞

五国联军

在此

大败拿破仑

是

近代

欧洲历史

转捩点

惠灵顿

做了

英国首相

封为公爵，

子孙

不但世袭名位

并且

在滑铁卢

继承了一块

三千英亩的

土地，

做了地主

收租

一直到今天

目前的

惠灵顿公爵

不但向

耕耘他土地

的农民

每年收

四万美元租钱

也还做

观光生意，

最近他发现

当年祖宗

惠灵顿的

纪念品

卖得并不好

观光客人

喜欢的

居然是那个

坏胚子

拿破仑的

纪念品。

尤其令他感伤的是

许多远道

从英国来

的观光游客

也只知道

有拿破仑

不知道

有惠灵顿

感伤之余

决定

在当年战区

建立六个

新的英军纪念碑

新碑甫立

即刻引起

比利时南方

一些说法语人民的

抗议，

有些参议员

在法国的

暗中怂恿下

不但抗议六个新碑

还抗议

整个滑铁卢

打扮得

太英国化

甚至

进一步

要求

取消惠灵顿公爵

地主特权

他们在

比利时国会里

愤怒地说

公爵的特权

完全

与

二十世纪不配

为

这件事

法国和英国

的舆论

都加入了争执

义正

词严

互不相让

双方

都认为

这

虽是

象征性的一仗

但也是

是

第二个滑铁卢

绝对输不起

绝对

输不起

一九八三年十二月二日（《中国时报》）人间版，见后人先生作《名称象征》篇，读至此段，忽感琅琅有诗趣，试缀短句节奏，质之亨利希·海涅，以为然否。

再者，那第一号惠灵顿公爵大人尝言："谁说习惯是第二天性，它根本是十倍于天性！"我想，如果海涅在旁，定会悠然地接下去："是啊，我就是习惯于赞赏拿破仑一世的，看来大家也和我差不多。"海涅为了他"天神般的拿破仑"败于惠灵顿之手而叫屈的那副捶胸顿足的样子，实在可爱——海涅真是诗人，拿破仑真是英雄，惠灵顿真不愧为军人，第二个滑铁卢之战也算得上真是一个有味的寓言。

南极·青草

三十岁的甫伦提斯

不敢对镜

镜里的甫伦提斯

五十岁以上了

是遣驻南极的美国海军

他说，工作得要死要活

然后，酒

喝得要活要死

零下一百度

火星差可拟

暴风雪尽刮不停

世上文明不知所云

持续六个月的白昼
引发定期失眠
持续六个月的黑夜
沮丧，妄想，谵言

而苏联人
在南极下棋，一个输了
用斧将另一个斫死
因此，同时禁止在太空下棋

一九六〇年
在此过冬的人员
影片《巴洛猫》
看八十七遍

另一组人厌了西部片
厌了迪斯尼及 XXX

便将各片剪接了一番

使来替换的人……

南极有个"三〇〇"俱乐部

全裸，由华氏二百度蒸气浴室

跳入华氏零下一百度的空地

便是会员

海军遣驻三月为期

普通人经检查后可长久停留

最宜情场失意的哲学家

与君连袂，勿却为幸

实实在在告诉你

有朋自南极归

一到新西兰基地

立刻趴在地上吃青草

埃及·拉玛丹

时针指在凌晨三点半
《可兰经》的吟诵声
高昂，拖着长长的尾音
除了诵经
其它还是夜的寂静

一片咿咿唔唔的祈祷
云海般铺开来了

又动又不动的人群
拉玛丹，埃及的斋月
开罗旧城
爱资哈尔清真寺

埃及清真寺五千多，爱资哈尔与其同名的
大学，合为伊斯兰教权威
夜晚，阿訇身披白袍，讲经布道
密密麻麻的信徒
密密麻麻密密麻麻密密麻麻

整天没吃没喝，直到夕阳下山
响起炮声
又是诵经声
寺院，高建筑上彩灯熠熠
由深蓝的天空衬出来
这夜色，不说它美丽也不行

夜来，吃早餐，面粉中掺入糖和油，极甜
极腻，我知道为何如此

穆斯林的意思是
斋月，让有钱人尝尝
饥饿的滋味，

富裕的穆斯林，起码捐赠八升谷物和相当

八升谷物的钱

穷苦的穆斯林，可以买件新衣买些食品

就这样形成斋月后的欢娱

贫富调和法

就这样

别国来的非穆斯林们笑了

我说，也是个办法

有的国、有的教

连办法也没有

斋月不放假，工作时间缩短而已矣，

开斋节放假二天

第一个早晨，真的

家家门户大开

亲戚　朋友　邻居　来道贺

佳节而结婚者颇多

我眼看别人结婚

我来埃及，准备爱上清真寺

伊斯兰教，

唯一崇尚自然的教，

用植物的形象作装饰，不像希腊之热衷于

人体，中国之热衷于飞禽走兽，在这点上，

别有深意，至少是很知趣

美术史家评曰

论宗教建筑

清真寺最伟大

我想

没有什么最伟大的。

爱资哈尔好，好在

清纯

一个醒着的梦

宗教是梦

在梦中坚持醒着

别了，爱资哈尔清真寺及其大学，今日

是开斋节第一天

沿路门户大开

彬彬然进入某家祝贺

我当然又是异端，毕竟二十世纪末，额

上没烙印，衣履颇时新，全按伊斯兰教

的规矩行事

穆斯林合家欢迎我

在别的国度

一切循其规蹈其矩

只因脊椎骨根上有所不然

就此做了大半辈子但丁

我说（我的话真多）

不说了

开斋节在埃及穆斯林家

饮其水飨其食

目见耳闻那股欢乐劲儿

余心痒痒

一个问句在蠕动

尊敬的先生

尊敬的夫人

请告诉我

是斋月为了开斋节

还是开斋节为了斋月

男穆斯林女穆斯林俱回答

回答到后来只剩笑

笑自己再说也说不明

我说

这是与鸡和鸡蛋一样的，我不求答案
于是先生和夫人很高兴，认为我提问提得
好，因为从来没有人提过，又认为我的比
喻比得对，事情确实是这样

于是，端出更可口的肴浆来
我说，请原谅
第一天开戒，不多饮食
他们惊异了：
您也过了斋月么
我点了头
您也是真主安拉的人么
我微笑不动
免于点头摇头

告辞
穆斯林先生及其夫人说
希望您再来我家叙叙
也许是句客套话

假如他们讨厌我
不致说这句话，

余于伊斯兰历八月底正午十二时登亚力山
大埠，于伊斯兰历十月四日下午三时飞离
开罗，此次没有再去看金字塔，斯芬克斯
病危，我不是这类医生

穆罕默德四十岁
说安拉把《可兰经》传授给他
都是这个老办法
自己要说的话
说是别人要他说的

不想看《可兰经》
请看清真寺
当清真寺也不想看的时候
没有什么好看了

在埃及·拉玛丹为期匝月，在另外的地方，
一年到头，天天斋戒，天天诵经，天天
密密麻麻密密麻麻，时针指在凌晨三点半。

无忧虑的叙事诗

第一首

花生酱草莓酱苹果和汽水

四天内会吃光

每小时五十英里速度行驶三千二百英里

岂非六十五小时

道格拉斯

三小时的时差

要算进去

除了道格拉斯的贪睡

还有十二月的暴风雪

取道梯哈查比山隘利用与车速等同

的气流由西向东可谓顺风

乍入湾区大雨滂沱

车群拥塞在路上

满耳不祥的喇叭声

曲曲折折我直扑圣荷西谷

灰色天　灰色地　灰色路

唯高压电线塔是有情物了

一动不动地迎送我们

到达巴斯托之先理该小事憩歇

前方是星月无光的莫哈韦沙漠

强风卷起野草球　团团飞过车旁

道格拉斯呆了　他开窗捉个野草球

拉斯维加斯

市街淹水

霓虹灯灿烂加一倍

赌场好躲雨

吃角子老虎吐给我一笔钱

道格拉斯输得剩个大拇指

冒雨从加油站折回

吃三明治喝汽水找厕所清烟斗

尾食　苹果就是尾食

布丁　不可能

我醒

他在检查机油

早晨阳光　车窗结霜

车泊在亚利桑那小城

空白的广告牌下

另一个问题是收音机只收 AM 广播

我又不是乡村歌曲迷

道格拉斯也不是

没有比滚石乐更适合于驾驶的了

工业民歌之崛起与高速公路之兴建

绝不是巧合

对吗

道格拉斯说　对

绞死道格拉斯

他说　对

道路消失在浓云中

显然是暴风雪

发现车上有雪轮

又发现它并不能帮助我们

冰雹打车顶

毫无情趣地乱打

爬过新墨西哥州大陆中线点

再度暴风雪　强行冲到了阿布奎克

枯草球追我们　我们追枯草球

好疲倦

未及全程之半

尝尝开拓者的滋味吧　我不是先驱

你也不是　道格拉斯什么也不是

德州潘罕铎

大闪电　整个平原亮得像铝板

黳郁的庞然货卡隆隆而过　而过

我们的车如粒小甲虫

小甲虫就小甲虫

豪华琼森旅馆的侍者

一连给我三杯浓咖啡

我淌汗　傻笑

道格拉斯说轮到你睡了

天色大明

整个人兴奋得金刚钻似的

道格　我开车　你再睡吧　你

猜想已经逃过了

所有与我和道格拉斯性命攸关的暴风雪

过俄克拉荷马市

泥浆飞溅

沾污了好多裙好多靴子好多腿

道格瞪眼看我

道格是懦夫　胆小鬼

四点到六点的清晨最难熬

靠在座位上左也不好右也不好

没有力气骂他了

小岩市

住着一老友

毕竟南部人情浓似酒

引得道格拉斯撒娇撒野

嘀嗨　安静点　道格

我的朋友并不真是喜欢你

果然一回到车上警笛发狂嚎叫了

旋风

巨型漏斗从墨云中蠕蠕垂落

魔王就是这样子的

我们是路上独一无二的行驶的车

道格拉斯也没有被旋风卷去

午夜

埃尔维斯普里斯莱大厦关闭

就在外面看看

墓地周围的布置

田纳西州有鞭炮买

点了引芯掷出车窗外

逗乐路人

使自己清醒

已是第八十个小时了

沿阿帕拉契山冲弗吉尼亚而达宾州

直落熟悉的东部走廊

西部孤险东部平阳仿佛故意作对比

大国往往是这样的

道格

摇下窗啊

深呼吸

新泽西　哈巴肯高地

朝阳从纽约市升起

老牌哈德逊河

星期天的纽约

纽约静得很不好意思似的

我放鞭炮了

他捧出一个野草球

摆在哥伦布的雕像柱下

为它拍照

别了　道格拉斯

你足够驾车回你的波士顿

家妈妈热汤软床都是你的天赋本分

原谅我　道格拉斯

在第九十个小时分手

第九十六小时他来电话

为一百四十加仑汽油费道谢

还说　妈妈已承认他比从前可爱

叫他野草球

十二月的暴风雪

睡袋里的野草球

圣诞快乐

绞死漂亮的道格拉斯

第二首

Telluride

尤蒂印第安人叫它

闪亮山谷

采矿者　那是八〇年代

称之为　黄金市

本世纪初　五千居民

自命　无腹痛之镇

接下来便是现在了

天堂　滑雪者之流如是说

维多利亚朝

山峡中的梯鲁莱镇

大大光彩过一阵

虎豹小霸王的真正主角

那个卡西迪

开创拔枪行劫圣米奎山谷银行纪录

一百年前那是多么新鲜的玩艺儿

首座水力交流发电厂

也是一百年前在此霎地亮起

用电灯来做街灯

你想惊人不惊人

电影节之故乡

葡萄节　鲜蘑菇节

Jazz 节　室内乐节

就此来不及地忙过了秋天

冬天的冬天

积雪厚达三百英寸

晏康巴格国家森林是圣地

逊璜山脉乃各种滑道之大观

四百七十亩雪野

三十八条堂堂滑道

可以使人发疯

一个个都是疯了的

North Face

俯街而盘旋下山的滑道

垂直三千英尺到谷底

或先进滑雪学校办公室

或先去古斯金咖啡馆吃点儿三明治

会告诉你中级天堂在高伦诺盆地

有新的升降吊车

且喝咖啡且吃三明治

勿以微笑代替小费

从一万一千八百四十英尺的峰巅滑到

Chair Three 三椅基地

二·八五英里之道旁

我认为风景绝佳

滑雪名将是不注意风景的

因此我暴露了一己之浅薄

高伦诺牧场

有热汤

非常家庭风味的热汤

我非常爱喝

还有小商店

还有厕所

梯鲁莱　曾是动荡的小镇

现在不了

可以独自走走

该市从一端到另一端

全长不及一公里

要去看看西阿生大厦

卡西迪兄弟们行劫的银行之所在地

没有什么好看　去看看

仙娜特是顶好的餐馆

大媲莉是仙娜特顶好的主妇

她的慷慨和善心差不多全是真的

仙娜特后面有三间小屋

有人和人的影子

某个时期　梯鲁莱市

算了算　一百七十五名神女

正经的妇人绝不越过主街到此区来

这些我是知道的

榭丽丹旅馆建于一九五八年

招待与菜式俱佳

在二楼我发现一帧奥德的画像

当年的女名人哪

沙龙亦风调依旧

我爱牛皮裱起来的墙壁

从奥国迢迢运至的樱桃木酒吧桌

一边饮酒

一边抚摩桌角

有时我亦难免回忆往事

与旅馆接邻

榭丽丹歌剧院

一九七三年以来电影节中心

一九一三年黄金潮时所建

此院音响极佳故容易显得

巡回表演团往往效果不佳

圣派垂天主教堂也将百年了

曩昔建筑费不到五千元

说来我不甚信

继之也想为自己造

一座如此便宜的教堂

还是附近走走吧

所遇皆爱尔兰人

皆意大利人

皆奥国人

说他们就住在这里

我住在约翰史东旅馆

每晚十五元

比西部最佳顽童客栈低廉

那是要廿八元　不　廿九元

维多利亚客栈才是廿八元

梯鲁莱

是个供闲荡的城

我是个求闲荡的人

夕阳西下

不要汽车

要橡胶靴子

人行道及街面

滑得要死

走走也就走不下去了

有免费穿梭巴士

A.M.7:45—P.M.10:00

每十分钟一班

梯鲁莱还是不愧为供闲荡的城

荣侣安餐馆的意大利食品我认为

北部风味　南部的决非如此

早餐　那是苏飞奥的好

科罗拉多式的墨西哥午餐

不坏的　你不吃就不知道

也就要这样走了

骑野牛日　圣派垂日

到四月十四日滑雪区封关

最后几个晚上花在

Fly Me

月沙龙

拉芙恐龙

火山

无穷无尽的迪斯科

跳死二十世纪

我是先二十世纪而罢休了

月沙龙之一角

细嚼比萨饼

宛如拿破仑侵占意大利

随本地人的喜爱总是不错的

本地男子都去

最后一元沙龙

Last Dollar Saloon

混迹撞球台　诸般室内游戏

喝遍三十五种不同牌子的进口啤酒

最后的最后一夜

上帝

我被拉去最老的酒吧

又被拉去佛洛辣多拉酒吧

转入柯罗多奥维尔酒吧

强要我吃水牛汉堡包

上帝

我不吃

我要回去了

这里的火炉别讨好我了

最受欢迎的深夜酒吧不要欢迎我了

放我走

别以为我是印第安人

不过是天生一张玛雅文化的脸

使我像要哭那样地说

没有地方要我回去

可是我要回去了

三

辑

其　一

浮桴之喻濫引而失義彼炎炎自命者奔波利祿黤虒狷
獮何道之行與不行哉余游北美偶涉華裔文苑披覽所
及莫非薄物細故喋喋終篇余固知其不知所雲者也正
而苞之謂遺大投艱之任意在斯乎企來故述往志重辭
始瑋潦風醒宿醒蘭桂出新體此其時乎此其地乎不亦
說乎君子乎

注：因文體需要，本輯使用繁體字。

其 二

大杜沈郁統體皆然偶擷翠枝亦蒼勁異趣懷古其二韻
尤美慨而步之飄泊春秋不自悲山川造化非吾師花開
龍岡談兵日月落蠶房作史時蕭瑟中道多文藻榮華晚
代乏情思踪迹漸滅瑶臺路仙人不指凡人疑

其　三

己丑春余導學武林貢院登壇敷説出入從衆羨優孟優
旃之猶得寓言余則滄浪清濁不及纓足雪夜閉戶守鐙
呫嚅此心耿耿欲何之謝家屐痕懶尋思錢塘有潮不聞
聲雷峯無塔何題詩大我小我皆是我文痴武痴一樣痴
龍吟虎嘯艸堂外騷人冷暖各自知

其　四

浩劫之初余猶無恙有鋼琴家金師自挹婁返申省親賓
友咸集奏肖邦李斯特諸曲於深院幽宅黃夜從事蓋大
違禁忌也翌夕聚飲市南豫園同座以即席賦句爲趣促
感金師之妙藝掇長短以傾忱滄海橫流舉世滔滔軒冕
弃盡幸傲骨聯翩携花載酒清夜迢遞撫鳳惜麟紅豔吐
絲蒼鷹咽雪冰心玉壺話浮沉揚鬚眉比高風亮節直指
天星茫茫九派誰補更濛潁塵寰總紜紜念雲階月地謫
遷怨絕金戈鐵馬豪士悲聲蓬萊舊事歸來重理瑤琴迸
裂泣鬼神廣陵散願一曲初罷匝地陽春越明年金師以
私舉音樂會入罪搜身得此手稿旋下獄卒貶爲牧豬奴
時維戊申余亦縶囹圄羅織煽構間添此一大文字孽嗚
呼廣陵散之不祥古今如斯

其　五

人皆畏朽余豈釋然以近三十爲最憂悚逾四十便置度
外或反增今是昨非之獨樂覽盡荼蘼雕壇空人生有恨
花始稱頻年金屋常寂寂老去玉樹猶臨風雖然亦有所
悲銅雀未見春又深滿城落花馬難行江南再遇龜年日
二十四橋無簫聲己亥之詠距今廿七寒暑去國離憂誠
不知二十四橋爲何物矣

其 六

疇昔之夜朋輩論古詩十九首甲取生年不滿百常懷千
歲憂乙取所遇無故物焉得不速老予取不如飲美酒被
服紈與素不知其人觀其取

144

其 七

春申浦東一江之隔無十裏彝場之塵囂有五柳晉賢之
岑寂賃屋於遺老剪韭於新圃以俗還俗渾忘秦漢水鄉
萋萋野雲低苴花香殘杏子肥一從以酒代藥後三春無
夢倒也奇此辛卯舊吟去今卅餘年海外孤露自贖平安
月白風清每難自禁回首於不堪回首者

其 八

丙辰二月予起壽奈南冠雙加莫展一籌奴役生涯日未
出而作日入不得息胼手胝足踉蹌夜歸滌垢乎喘俟四
鄰俱寂乃鎖扃蔽窗挑燈愢作小畫累百選五十成帙自
籤玉山贏寒樓藏畫集爲陳氏昆季知以設宴賀壽索觀
是夕微雨小樓一角頗幽潔肴漿羅列有烤猪肋鳳尾魚
之屬陳氏難兄難弟寢饋筆墨一時之俊彥也弟新婚甚
燕爾言新婦雅擅胡笳十八拍詢及沈家聲抑祝家聲睠
莫對轉以居安思危調之一室粲然夜闌席終予體疲不
勝酒而興猶未盡醉腕拈毫以謝主人吉雨霏霏良朋姍
姍別樣蘭亭有人清如鶴才高比天雙飛彩翼獨攬青雲
龍鬐味腴鳳尾香滿風月酬酢忘主賓更煮酒論當世英
物誰與卿卿年華屈指堪驚賸兩三枯枝也鬧春此犀燈

146

一點鮫珠百斛千梧嫌少萬刼猶真陽春白雪放誕風流
莫道今人輸古人笑囘首識三生石上舊時精魂處溝壑
而輕狂若此洵可樂也

其 九

公孫豹吾友也我公孫豹友也違五載三載杳音訊某夕
某子奔走相告曰公孫豹殺三士而遁城懸圖形舉國嘩
掀惟公晏晏豈獨無聞耶予曰此三人皆罪在必死者也
某愕質何知之審對曰不我誰知且知公孫尪日來見子
且留此眠食不容縱泄也

其　十

曹門三傑論詩才植八斗丕五斗許操殆一石又報曹孟
德書時下庶士之酸引望可以止渴青梅不足道即此告
夜臺想安善再拜又盡陳思王集予獨賞高臺多悲風朝
日照北林許比擬勃拉姆斯貝多芬之晚期化境惜二句
以下轉愈薄俗徒落私惆卒以形影不見翩翩傷心終每
誦輒呼負負酒度子建曾不識此二句之觀念所在止於
摹景鋪陳而已不若叔夜之能以俯仰自得游心太玄尊
承目送歸鴻手揮五絃襟懷既開意象自圓曹雜詩其一
嵇贈秀才其二皆鶺鴒相憐之咏因寄所託植之失匪一
失也康之得匪一得也詩國春秋野馬塵埃得失難言耶
匪難言而乏人言耶樽俎久虛不勝惘然再者勃拉姆斯
貝多芬於交響樂慢板之章忼高臺多悲風之慨哲思之
因高而悲悲而益高刌多字之設閱世深深賢敏相訴劌

149

切中抱三太息焉以多字接高臺悲風間適韻殊佳北林
固地名也詩鷃風郁彼北林敘未見君子欽欽之思然則
可作日出東南平耀西北解䀕麗蒼凉遼曠無礙長圖大
念參差代雄豈不壯哉溯予少年偏鍾高臺句之音樂通
悟後歷半世滄桑方歎朝日句之澄明虛靚心性俱見一
句縱向寒有聲二句橫亘煦以寂雍雍穆穆聲響之所難
能臻呈矣嗚呼詩之出自爲也既出自在也予之感喟良
匪予建初衷鴻鵠有知爲予歍鳩而告陳思王曰青青子
衿想同之耳

其十一

詩有可解者有不可解者清秋何處覓羅衣丹桂香銷玉
人啼千投蟠桃無箇李十月陽春荻花飛翫字翫音餘付
徜徉亦自失哕時予逾而立又三歲在戊戌鬻畫燕市所
託稀少而出游翩然視一時冠蓋爲敝屣斯人豈獨顋頷
哉恨恨未遇頑仙曹侯耳

其十二

白璧增輝者尤在閒情一賦蕭統高明惜未識陶潛此篇
意象每近米開朗基羅之商籟體堪附一笑而陶之爲陶
梵樂希景頌巨富之樸素德施稱讀陶文頑可以廉懦可
以立嘅矣歸益風教迂歟甚哉

其十三

紅櫻燃枝藍苔繡階一夜暖雨如醋喜扶盆覿花卷簾鴛
鴦西湖新晴誰賞木蘭舟纖纖浣苧長堤外嫩寒山氣酸
香梅乳醍醐萬葩醉流景方寸淒楚喚起琴僮寶馬逐風
絮囊盡佳句氤氳裏浥塵點點翡翠涼雨此四十年前慘
綠情懷之作每自嗤羅曼蒂克廻光有無窮之返照愛爾
蘭之葉芝若人之儔乎

153

其十四

辛丑春暮淞濱初識畫家原泓二子藉粵乃就飲於南京路廣州食府杯談漸酣仗酒言志若有人兮山之阿餐菊兮啜桂露臨深慨慷作高歌履薄輕颺起妙舞沉醉百年未盡量精思萬代樂逾度跨長虹兮携太白笑斥羣匠畫葫蘆

其十五

丁亥八月予歸西泠孤山晨夕清涼每詣羅苑與瞿禪先生敍詞事夏丈自釋其渾脫旋如風眼波無處逢之句意指二次國共談判可堪制淚看天已伶俜十年者亦感證時勢而非兒女傷心語焉浮光世事草草勞勞荏苒四十年夫子自道聲猶在耳近聞先生猶健在桑榆晚興以流觀蒲松齡遺篇為娛遣雲豈木魅粉靈多寓聖人意耶年前閱報偶見有夏師女弟子追記尊長宿作者與愚所知字句有別旨意似舛謹就憶誦錄出或供考辯拋却西湖有雁山携家況復住靈岩不愁盡折平生福并欲先支來世閒無一字落人間野僧詩債亦休還但防初寫禪經了便有龍神夜叩關竊思先生懷抱素莫逆也揆之或無大謬日昨偶過唐人街于東方書店得夏承燾詩詞集檢此鷓鴣天愕見二句為携家況復往靈岩七句為野僧詩債

亦慵還異哉予憶誦失誤邪抑夏丈事後改定邪然則住
已寧適往猶在道慵固溫醇休更颼爽遙望雲天不復得
喋喋左右矣

其十六

壬戌夏末予籌赴新大陸整飭煩苦猶老女乍嫁倉皇自
理妝奩八月杪滬郊虹橋機場臨飛噁占一律滄海藍田
共煙霞珠玉冷暖在誰家金人莫論興衰事銅仙慣乘來
去車孤艇酒醅焚經典高枝月明判鳳鴉蓬萊枯死三千
樹爲君重滿碧桃花

其十七

甲子秋暮予應邀赴波士頓哈佛大學舉事繪畫個展寓
亞當斯閣備蒙優渥時近耶誕每夕慶舉頻呈猶太裔美
籍女史裘蒂專攻蒲氏聊齋異矣自名爲九迪韻矣知予
悦曩昔之 Jazz 樂雪晚相約馳車夜總會會名最后之采
聲入見陳設一如卅年代風調其中憧憧如離魂者似多
曾經滄海難爲水之態蓬却繼起卡薩布蘭卡主曲無誤
也九迪風姿嫻變背影仿佛英格麗褒曼當年巫鴻君偉
岸若古羅馬壯士而錦繡其中軒軒霞舉與九迪共翩躚
全池爲之生輝同座憲卿最幼精妙現代詩尤耽南渡詞
章擬論吳夢窗輩取博士學位斟飲間以爲唐宋踊舞亦
每流顛狂予然其説昔張愛玲嘗表此見迺誦宿句曾記
絃歌中宵舞散青螺髻憲卿稱賞大索全閣惜不復憶逋
唯下半依稀自別後胡沙幽雪風塵幾掩玉笛何日重來

158

酒潤珠喉更唱那三叠市橋人静共看一星如月憲卿莞
爾目擊知我行竊兩當軒也時九迪巫鴻舞罷歸座欲悉
我等何以爲嚛憲卿雖諳英美語猝然無由信雅而達也

其十八

周氏二傑同始而岐終豫才啓明初程各領風騷中道分
馳志節判然昔啓明作雨書之際嘗自訴裴回於尼采託
爾斯泰之間觀其後隳何足以攀躋前賢而作姿態浩浩
陰陽本紀瀕末山高水落月小石出大哉豫才五四一人
口劍腹蜜如火如荼雖然懷疑與信仰豈兩全要之終不
免婦人之仁啓明垂暮有長壽多辱之歎蓋文心猶存觀
照未息偶憶知堂五十自壽打油剝韵匡義亦成一律年
來思家已無家半襲紅恤作袈裟仁智異見鬼見鬼長短
相吃蛇吃蛇逃禪反從禪逃出修心便知心如麻多謝陳
郎起清談又來蕭齋索苦茶陳郎者佛耳君也北美邂逅
所共歷歷患難徵逐間輒以痛哐聞道大笑者爲樂事爲
養生之道紅恤者我朱孔陽Ｔ恤也

其十九

雪消春臨驟暖若驚繁花領露細草賀晴竊念野隱不得
朝隱不欲市隱則身丁大刦縲絏十二載今作奇隱隱於
異國息交絕遊晏如愚如也亂世受人制早明萊公妻閭
閻復東漸我住閭閻裡群狐正丘首孔雀西北飛不知多
許事低頭餐蛤蜊圍闠高明户魑魅呼魍魎衣錦終不歸
長安難安長盜泉水自甘惡木蔭可留所歡在風塵故作
風塵游交誼美忘年率性卽天倫牛背新穉子浮屠故情
人竹林風流盡海外酒常佳捐弃萬古愁勿復讀南華昔
無今有餘昔有今不足我亦行我素毋勞季主卜大風吹
南冠投簪別洪流嘹唳在四海志若無神州年來氣轉清
臨岐少踟躕鐙下記落寞不涉椎心事

丙寅上元紐約彭亭宴後

161